Hola, miembros de la familia:

Aprender a leer es uno de los logros más importantes de la pequeña infancia. Los libros de *¡Hola, lector!* están diseñados para ayudar al niño a convertirse en un diestro lector y a gozar de la lectura. Cuando aprende a leer, el niño lo hace recordando las palabras más frecuentes como "la", "los", y "es"; reconociendo el sonido de las sílabas para descifrar nuevas palabras; e interpretando los dibujos y las pautas del texto. Estos libros le ofrecen al mismo tiempo historias entretenidas y la estructura que necesita para leer solo y de corrido. He aquí algunas sugerencias para ayudar a su niño antes, durante y después de leer.

Antes

- Mire los dibujos de la tapa y haga que su niño anticipe de qué se trata la historia.
- Léale la historia.
- Aliéntelo para que participe con frases y palabras familiares.
- Lea la primera línea y haga que su niño la lea después de usted.

Durante

- Haga que su niño piense sobre una palabra que no reconoce inmediatamente. Ayúdelo con indicaciones como: "¿Reconoces este sonido?", "¿Ya hemos leído otras palabras como ésta?"
- Aliente a su niño a reproducir los sonidos de las letras para decir nuevas palabras.
- Cuando necesite ayuda, pronuncie usted la palabra para que no tenga que luchar mucho y que la experiencia de la lectura sea positiva.
- Aliéntelo a divertirse leyendo con mucha expresión... ¡como un actor!

Después

- Pídale que haga una lista con sus palabras favoritas.
- Aliéntelo a que lea una y otra vez los libros. Pídale que se los lea a sus hermanos, abuelos y hasta a sus animalitos de peluche. La lectura repetida desarrolla la confianza en los pequeños lectores.
- Hablen de las historias. Pregunte y conteste preguntas. Compartan ideas sobre los personajes y las situaciones del libro más divertidas e interesantes.

Espero que usted y su niño aprecien este libro.

—Francie Alexander
Especialista en lectura,
Instructional Publishing Group, Scholastic, Inc.

Para los nuevos chicos,
Nicholas, Adrian, Conor, Jackson,
Jesse, Oliver y Teddy
— J.P.

Originally published in English as
HICCUPS for Elephant

Traducido por
Susana Pasternac

ISBN 0-439-05112-6

17 16 15 14 13 12 11 10 6 7 8 9/0

Printed in the U.S.A. 23
First Spanish printing, March 1999

Elefante tiene HIPO

por James Preller
Ilustrado por Hans Wilhelm

¡Hola, lector! — Nivel 2

SCHOLASTIC INC.
New York Toronto London Auckland Sydney

Era la hora
de la siesta
y todos dormían.

Salvo Elefante
que hipo tenía.

Mono despertó.

—Ese hipo se puede curar
—dijo Mono—.
Come esta banana,
patas arriba . . . sin respirar.

Elefante lo intentó.

¡CATAPLUM!
al suelo se cayó.

¡HIC!

Leon despertó.

—Ese hipo se puede curar
—dijo León—.
De un golpe debes beber
toda el agua que puedas tragar.

Elefante lo intentó.

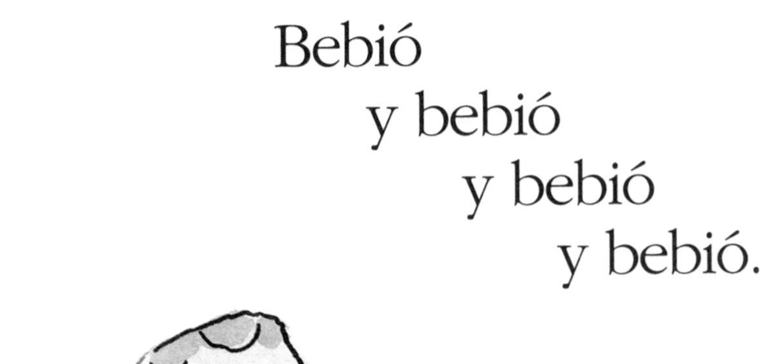

Bebió
y bebió
y bebió
y bebió.

¡HIC!

Zebra despertó.

—Ese hipo se puede curar
—dijo Zebra—.
Tápate la nariz y cuenta
hasta diez . . . al revés.

Elefante lo intentó.

10, 9, 8, 7, 6, 5, 4, 3, 2, 1

¡HIC!

Ratoncito despertó.

—¿Por qué tanto
alboroto?
¿No ven que quiero
dormir?

—Elefante, pobrecito
—explicó Mono—, tiene hipo.

Ratoncito miró
a Elefante en los ojos.
—¡BUUU! —le gritó.

Todos mudos esperaron,
pero el hipo no escucharon.

—Siempre me da resultado
—dijo Ratoncito ufano.

Entonces, se fueron
todos a dormir.

Salvo Elefante.